LARS GUSTAFSSON

Etüden für eine alte Schreibmaschine

Gedichte

Aus dem Schwedischen
von Verena Reichel

Carl Hanser Verlag

Die schwedische Originalausgabe erschien 2016
unter dem Titel *Etyder för en gammal skrivmaskin*
bei Albert Bonniers in Stockholm.

Der Verlag dankt der Sharjah Book Authority
für die großzügige Förderung der Übersetzung.

منحة الترجمة
Translation Grant
صندوق منحة الشارقة للترجمة
Sharjah Translation Grant Fund

1. Auflage 2019

ISBN 978-3-446-26167-9
Published by agreement with agentur literatur Gudrun Hebel, Germany

Umschlag: Peter-Andreas Hassiepen, München
nach einem Entwurf von Albert Bonniers Förlag
Motiv: © Per Myrehed
Satz: Gaby Michel, Hamburg
Druck und Bindung: GGP Media GmbH, Pößneck
Printed in Germany

FSC
www.fsc.org
MIX
Papier aus verantwortungsvollen Quellen
FSC® C014496

I

DER MANN, DER HUND, DIE SCHATTEN

In dem höhnisch ironischen Winterlicht
glitten zwei blaue Schatten
einem Wall von frisch gefallenem Schnee entgegen.
Zuerst der Schatten eines kleinen Hundes
und dann
der Schatten des Mannes
dem der Hund gehört.
So schien der kleinere Schatten
dem größeren den Weg zu zeigen.

CHROMATISCHE PHANTASIEN

Und schließlich
noch einmal eine Art Morgen.
Zwischen vielen schmalen Ritzen
dringt Licht ein.

Immer mehr Glocken
schließen sich an und bilden einen Chor.

Von den Bässen der alten Turmuhren
wie aus verrußtem Papier geschnitten

bis hin zu sehr kleinen Uhren
schwirrend wie die Schwalben.

*

Mehr Uhren, je weiter der Tag fortschreitet.

Hier geschieht jetzt alles sehr schnell:
Die Vögel erstarren in den Bäumen.
Die alten Schrotmeißel, die unter Spinnwebendecken schliefen,
erwachen, schärfer jetzt,
und sehnen sich danach
in geschwärzte Eiche zu schneiden.

Ein solches Holz, das sehr lange
unter Wasser gewartet hat,
tief in seiner Einsamkeit schlafend
und nur befreundet mit den Bewegungen der Fahrrinne
die sich ständig selbst imitiert.

*

Ihr großen Bäume, ihr, die einst grüne Freunde wart,
warum steht ihr jetzt so nackt da?

*

Wie aus geschwärztem Papier geschnitten

Und auch dieser Tag
geht mit flatternden Segeln
in eine zerstreute Dämmerung über:
des Novembers barsche Antwort
auf unsere Anrede.
Jetzt erstarren die Vögel in den Bäumen
und werden zu ihren eigenen Schatten.

AM ABEND

Man sollte am Abend, sagt Mr. B,
den vergangenen Tag analysieren
als wäre er ein Traum gewesen.

Kleines Insekt an der Scheibe,
verwechselt mit einem frei fliegenden Vogel
weit draußen in den Landschaften

erzeugt einen Eindruck
von jemand, der sich
in schwindelerregendem Tempo bewegt.

AMERICAN TYPEWRITER

Woran ich mich aus dieser Zeit erinnere,
ist das Geräusch. Es konnte
klingen wie Wellen an einem Strand.
Vereinzelte melancholische Anschläge
oder das muntere Geklapper –
Wind kam auf; hier verdunkelt sich das Wasser
von einer plötzlichen Bö.
Ich erinnere mich, wie am *Metropolitan Desk*
der New York Times zuweilen eine einsame Remington
in einer Kaskade von Anschlägen aufbrauste.
Es war eine Zeit,
als man die Menschen
noch denken hörte.
Wie unvorhersehbar die Gedanken kommen
und uns wieder verlassen.
Wie sehr selbstbewusste Gäste.

KENSINGTON BLUES

Als ziemlich kleiner Junge
besuchte ich das wunderbare Kensington,
eifrig unterwegs
zwischen allem, was gesehen werden musste
besichtigte ich damals die schläfrigen
Mumien in ihren Särgen
die in Bloomsbury ruhen.
Den Dinosaurier von Kensington.
Sah die wunderbaren Steine
welche die Natur hervorbringt.
Scheinbar ohne die geringste Schwierigkeit.
Und fragte mich
ob es in diesem Zusammenhang
möglicherweise einen Ort gab,
an dem man sich ruhig
zu Hause fühlen konnte.

DER SOLIST

Es ist Zeit.
Zum dritten Mal ertönt das Klingelzeichen.
Ein ernster Platzanweiser zeigt
rasch den Weg durch einen langen Korridor.
Er wird jetzt von den Ovationen
Eines voll besetzten Hauses begrüßt.
Langsam legt sich der Jubel.
Der große schwarze Flügel
wartet aufmerksam
auf seiner Estrade.
Die Stille ist ohrenbetäubend.
Er hebt beide Hände.
Hier kann jetzt ein mächtiger
Eröffnungsakkord hervorgeholt werden.

Hier können – genau genommen – beliebig viele
mächtige Akkorde hervorgeholt werden.

Jetzt gibt es nichts mehr
zwischen den erhobenen Händen
und der Wahrheit

II

FRAGMENT

Der Hörendesee um fünf Uhr morgens.
Nebel. Laute eines Seevogels.
Nachmittag, und eine listige Kreuzotter
verschwindet im Fundament.
Das Gewitter wächst, als wäre es ein Faktum.

VERSTECK IN DER HEIMAT

Zwei Vögel über dem verbrannten Wald
seltsame rothaarige Frau
bot in einer Lichtung Kiebitzeier feil
eigentümlich geformter Schlüssel
überreicht von einer Fee in hellroten Stiefeln.

Dieser kleine Schlüssel kann dein Herz öffnen.
Ich verwahre ihn sorgfältig.
Und die großen alten Bäume
die unten am Strand überlebt haben
atmen im Wind – sie flüstern:

»Ist jetzt die Zeit des Schlüssels?«

LIEFERUNG

Der Schlaf –
fleckenloser Lieferwagen
der mich mit seiner öden
Pünktlichkeit
um vier Uhr
an der Haltstelle der neuen Nacht
entlässt.

ALTER KALENDER
AM FENSTER DES LUSTHAUSES

Kalender,
ihr treulosen Zeugen der Zeit!
Wie wenig ihr erzählen könnt
von Pflaumen, die allzu lange
im Gras gelegen haben
von Krebsen, frisch herausgehoben
aus der duftenden Dillbrühe.
Von der ersten trockenen Windbö des Winters
die die Dorfstraße zu Glas schleift.
Von Kahlschlägen, wo einst der Wind sang.
O Kalender,
ihr treulosen Zeugen der Zeit!
Wie still ihr euch zurechtlegt
in einer nur mit Mühe
aufziehbaren Schublade, die selten besucht wird!

Eben noch
konntet ihr Entsetzen und Hoffnung erzeugen,
und unruhiges Warten
an Bushaltestellen und in Wartezimmern.
Und jetzt halb unlesbare Zeilen
zwischen erbärmlich verschlissenen Buchdeckeln

in der untersten Schublade des Schreibtischs
zusammen mit einer Lackstange
von einem sehr alten Weihnachtsfest
und einer dieser Rabattmarken
die nie eingelöst wurden –

Einst so voller Verheißung

LESEZEICHEN

Vergilbtes Lesezeichen
mitten in einem alten Roman,
hinter einem anderen gefunden.
Hier hörte Greta Carlsson
an Weihnachten 1929 auf zu lesen.
Gerade als der Herzog von Alba
die Bühne betreten hatte
und der redliche Gefängniswärter
entdeckte, dass er die Schlüssel
zum Gefängnis seines Sohns hatte.

DER BAHNHOFSORT RAMNÄS VON NORDEN GESEHEN

Niemand weiß, welches Jahr es ist
vielleicht ein Jahr, das es nie gegeben hat.
An der Landstraße durch den Bahnhofsort
von Norden nach Süden befinden sich:
Uno Hedlunds Laden für Fahrradreparaturen
wo man auch das Telefon benutzen kann.
Die Post mit der unglücklichen Dame
die natürlich nicht vorsichtig die Liebesbriefe
des Stationsvorstehers aufdampft
und sie mit milden, wehmütigen Augen liest.
Der Bezirksarzt, verschlossen und grübelnd
über die verschiedenen Arten
der mittelalterlichen Pest
in seinem weißen Palast da oben auf der Höhe.
Die Kooperative, wo die gelben Busse wenden
und wo man auch Petroleum kaufen kann,
wichtig für philosophische Studien.
Deswegen haben Fichte und Hegel noch immer
einen Geruch von Lampenpetroleum.
Der Bahnhof mit Clark Gable als Vorsteher
(»in diesem Beruf, will ich euch sagen
steht man ständig mit einem Fuß im Gefängnis«)
und der wunderbare Telegraph aus Messing:
Zug ab
Die Apotheke hat später gebrannt
die Dame dort war mürrisch. Dorthin zu kommen

und etwas zu brauchen war eine Beleidigung
die sie nie verzieh. Eigentlich.
Dann eine Brücke über den Kilbäcken
eine Brücke, die nicht viel bedeutete.
Salholms Livfsmedel, der Einzelhändler
wo der Speck im Schrank immer grün war
und die Käselaibe schwitzten wie die Torfstecher
die draußen im Westen im Moor gruben.
In dem dichten und buschigen Bart
von Kaufmann Salholm steckte
während er die nur wenigen Kunden bediente
immer ein brennender Zigarillo der Marke Tärnan
doch fing er nie Feuer.
Hier endet der Bahnhofsort Ramnäs.
Vom Kirchdorf erzählen wir ein andermal.

ZUM LOB DES SOMMERS

Dieser Tag besteht aus lauter kleinen Ereignissen
Der Blecheimer klappert ohne Wasser

Ein Habicht fliegt vorbei, aber nicht für uns
Die Farbe des Fensterrahmens ist stärker abgeblättert

als neulich

Wie friedlich sprechen nicht die Korbstühle
auf der Veranda miteinander

Wenn alle sie verlassen haben

Wenn alle hineingegangen sind zum Hering
und dem eisgekühlten Schnaps

(Marke O. P. Andersson,
ein verklingender Septimakkord

ein Souvenir aus den Tagen
des Schriftstellers Strindberg,

am schwarzen Dampfschiffrauch und das Geklapper

von Karren mit eisenbeschlagenen Rädern
auf einem mit hellen Steinen belegten Kai)

DER LOGONAUT

Ich habe mein Leben damit verbracht
die Buchstaben des Alphabets
auf verschiedene Arten zu ordnen. Geben und mischen.
Zu einem ziemlich langen Strang;
ja, eine lange Reise über weiße Felder.
Das Schwedische hat achtundzwanzig Buchstaben,
und dann den neunundzwanzigsten:
den leeren Buchstaben zwischen den Wörtern.
Und der hat keinen Namen.
Wie die Null hat er keinen Wert.
Und deshalb ist er unschätzbar.

UNTER DEN WUNDERBAREN WOLKEN

Ein acht Minuten altes Sommerlicht
feiert hier die Kindheit.
Nein. Nicht diese.
Aber eine andere
im vergangenen Tageslicht.
Die Gartenmöbel beschattet
von einer sehr alten Ulme
in deren Laubwerk eine eigensinnige Amsel
Grüße überbringt.
Erdbeeren auf einer blauweißen Schale
mit einem hundertjährigen Sprung
werden mit einer eisgekühlten Flasche
Cederlunds Caloric serviert.
Ein Enkel quengelt wegen eines Balls.

Der Regen des Morgens
hängt noch in den Zweigen des Fliederbuschs.
Eine still grübelnde Erdhummel
hat ihre eigentümlich pedantische Tätigkeit
auf etwas Diffuses und Unbestimmtes verlegt
was nur
unter dem Gartentisch sein kann
und sucht dort nach dem einen oder anderen.

Hier endet dieser Amateurfilm.
Verschrammt und kurz.

STOCKHOLMER STRASSE

Psychosynthetische Gesellschaft
Rettet unsere Teppiche!

Wer hat hier gewohnt?
Hier wohnte ein Theologiestudent,

Johan Sixtus Grenholm
gebürtig aus Gryta Gård in der Ebene.

Vom Studieren des Buchs Enoch
ist er verrückt geworden.

Warum gerade das Buch Enoch?

ENTWURF FÜR EINE RELIGIONSURKUNDE

Gott befindet sich also
wenn man den Theologen früherer Zeiten glaubt
in einem Zustand ewiger Seligkeit
und kann daher von menschlichem Leid
nicht berührt werden.
Das ist ja schade. Sonst
hätte er ja etwas lernen können.
Nicht zuletzt über seine eigene Tätigkeit.

Es ist sonderbar: Jedes Mal,
wenn es in China ein Erdbeben gegeben hat
öffnet sich die obere Fensterluke
der antiken Standuhr in der Küche.
Seismische Sympathie? Okkultes Phänomen?
Oder eine dieser sinnlosen Gesten
mit der die Welt
uns Fratzen schneidet,
ein boshafter kleiner dummer Junge auf dem Schulhof,
der so viel Unfug machen will
wie irgend möglich
damit wir ihm
Beachtung schenken.

Das, und sonst nichts.

DA DRAUSSEN IN DEN WEITEN

Da draußen in den Weiten
begegnen wir niemandem.

Kein menschliches Wesen
oder wie wir es nennen könnten

wird jemals
eine andere Galaxis besuchen.

Lasst Jahrmillionen kommen und gehen,
gewinnt eure Kriege und bringt eure Ernten ein,

aber irgendwo
auf einer smaragdblauen Oberfläche
aus Diamant zu stehen

und zu denken:
»Es fühlt sich *wirklich*
auf eine ganz andere Art an

hier, in dieser Galaxis.«
Daraus wird nichts.

LEBHAFTES SCHNEEGESTÖBER ÜBER DEN GRÄBERN DER PHILOSOPHEN

Ein lebhaftes Schneegestöber
fällt wie ein ironischer Kommentar
auf die Gräber vergangener Philosophen
in einer praktisch fortlaufend
andauernden Winterdämmerung.

Der eine war eine Art Marktschreier
der andere ein Artist am schwankenden Mast
der dritte hielt Aufsicht an Straßenecken.
Diese Epoche ist jetzt zu Ende.
Hier verdichtet sich dieser Schneefall.
Und diesen Seiten fehlt die Schrift.

INSOMNIA

Die Schwerkraft ist der große Fluch –
eine unbeabsichtigte Deformation des Raums
verursacht durch die störende Nähe der Materie.
Stille herrscht
in dem reinen leeren Raum, der niemals schläft.
Der Raum, von der Materie befreit,
der große stille Raum der Schlaflosigkeit.

AM GRAB EINER SCHAUSPIELERIN

(Gun Arvidsson 1930–2004)

Berenice am Ende der Siebzigerjahre
in Racines seltsamem Drama:
Der Bühnenboden ist ein weitgestreckter Spiegel
wo sie, anmutig ruhend,
ihre eigene Schönheit genießt.
Die nackten Beine pendeln
vor und zurück.
Im Rhythmus des Alexandriners.
Sie sieht ihr Gesicht
aus der Spiegelwelt aufblicken
und es erscheint rätselhaft,
als sehe sie es
zum ersten Mal.
Das ist jetzt lange her.
Voller Unklarheiten
diese Zeit,
aber in ihrem Verlauf
überlebte dieses Bild
und entstieg dem Stein.
Ich sah sie nie
in einer anderen Szene
als in dieser.
Und meine Erzählung hat kein Ende.

III

DER BRIEFMARKENSAMMLER

Als ich in die Volksschule kam
ein ganz erschreckendes Gebäude
aus rotem Backstein etwa um 1900
mit Fluren, die kein Ende nehmen wollten,
und einem verlassenen Treppenhaus,
das nach Kalkstein und Schweiß roch,

sollten Briefmarken gesammelt werden;
sonst war man nicht normal.
Sie sollten abgelöst werden
in lauwarmem Wasser
und mit einer Pinzette
zum Trocknen auf Papier gelegt.
Es gab sie auch im Papiergeschäft
mit der griesgrämigen alten Dame
drüben an der Ecke.
Seine Majestät der König von Dänemark
Präsident Harding aus den USA,
ein Präsident, den alle vergessen haben.
Deutschlands Diktator, der Schreckliche,
und andere, die angeblich
Millionen Reichsmark kosteten, seltsame
kleine Landschaften aus Neuguinea und Mali.
Und diese sollten eingeklebt werden

in ein besonderes Album mit teuflischen
Klebepapieren, die entweder
am Daumen haften blieben
oder überhaupt nicht.

Noch heute empfinde ich jedes Mal
wenn ich mit Briefmarken umgehen soll
ein schleichendes Unbehagen.
Und ich war nie richtig normal.

AUS MEINER VERSCHWITZTEN JUGEND

Es war nicht leicht.

Wer hat behauptet, es würde leicht sein?

Magister Eskilssons Religionsaufsätze:

Die Ursachen von Kaiser Karls Austritt

aus dem Schmalkaldischen Bund?

Ja, er hatte wohl seine Gründe.

UPPSALA

Für Dr. Dagmar Lagerberg

Einige hielten sich nahe der Macht.
Die Macht hob ihre schweren Augenlider
und ließ sie ein ins Vorzimmer.

Andere versenkten sich immer tiefer
in die Bücher.
Sie horchten mit schiefgelegtem Kopf.

Einige sah man wieder, nach Jahrzehnten,
überrascht und hoffnungsvoll
sanft gegen den Wind anstrebend

an diesem eigentlich unmöglichen Ort.

DINGE, DIE KEINE HEIMAT HABEN

Wir stellen uns einen Trichter vor
der sich verjüngt
aber nicht aufhört, sich zu verjüngen.
Er neigt sich gegen Null
kommt aber nie dort an.
Wir drehen ihn um,
und lassen ihn sich weiten.

Keins von beiden hat einen Platz
in dieser weitläufigen Welt.

UNTER EINEM ALTEN NORBERGHAUS

Unter dem Küchenboden
ein längst verschwundenes Kloster
die toten Mönche, die
unter dem Küchenboden ruhen.
Fromme Freunde aus dem 13. Jahrhundert
als es hier ein Kloster gab
unter meinem heutigen Küchenboden.
Sie hatten nicht dieses Problem.
Sie hatten andere

Probleme.

Die Frage, wie es wirklich ist
dies in die Hölle kommen.
Und das fast noch Schlimmere:
Was darf man im Paradies
tun und nicht tun?

Hier gab es Loden und Rindenbrot

und Schuhsohlen aus Rinde oder Birkenrinde
Birken, die hell im Frühling standen.

Ja, irgendwann müssen sie wohl hell stehen –
die verdammten Birken.

Ich frage mich:
Wenn man also in der Hölle ankommt,
woher weiß man, dass man wirklich in der Hölle angekommen ist?
Und nicht nur in einer Ecke
des Üblichen?

DIE TÜREN, JETZT WEIT OFFEN

Die alten Katen oben am Waldrand
starben langsam: Gnarp, Naddtorpet, Rulltorpet,
Byggetorp und die anderen.
Noch in den fünfziger Jahren konnte man
wehmütig knarrende Türen einen Spaltbreit öffnen
und in verlassene Zimmer schauen
wo die Tapeten in Fetzen hingen
in einem Spülbecken aus noch rostfreiem Stahl
verblieb vielleicht ein gesprungenes Glas
oder ein Teller mit Rosenmuster.
Jetzt verläuft die Hauptstraße der Gegend
an der Schwelle dessen vorbei,
was einmal eine Vortreppe war
und im Schatten sieht man den Rest
eines Apfelbaums.

IN DEM TOTEN WALD

Der Nebel traut sich hinein
in den toten Wald
als hätte er immer schon dort gewohnt.
Er wagt sich vorwärts
da ihn jetzt niemand mehr
überraschen kann.

Die schwarz gebrannten Steine
haben nichts zu sagen.
Krähen, die sich in der toten Landschaft
zu Hause fühlen
nehmen deine Witterung auf
und gleiten auf lautlosen Schwingen heran
um zu sehen, ob du wirklich lebst.

AUS DER MITTE DER NACHT

Es gibt einen Zustand
zwischen drei und vier,
weder Schlaf noch Wachen
in dem man sich vollständig
still verhält
und für einen Augenblick ahnen kann
wie es wäre
gar nicht der zu sein, der man ist.
Und auch niemand anders.

DIE SEHNSUCHT NACH DEM KIRCHWALD VON VÄSTER VÅLA

Björn Nilssons Grab ist noch da.
Trotz seiner Nähe zu dem großen Brand.
Ich kannte ihn gut
und hatte genau das erwartet.

Oben am Märrsjön wurden die Boote,
heutzutage aus Plastik gebaut,
zu handlichen schwarzen Kugeln.
Bis auf eins, das schlecht gepflegt
da draußen im Wasser gelegen hatte.
Nicht unähnlich meinem toten Freund.

Zu meinen Lebzeiten wird es keine
Wanderung mehr über die Hügelketten geben
zu dem fabelhaften Hörendesee.
Aber vielleicht zu Lebzeiten eines anderen,
der sich dann erinnern wird,
dass jemand oder einige gesagt haben sollen
es hätte hier einmal
einen alten Wald gegeben
mit ganz anderen Bäumen.
Aber das war lange her.
Schon.

DIE KRÄHEN

Nicht vor der Nacht
aber in der Nähe der Nacht
über flautendunklem Wasser
der raue Gruß der Krähe
die ihren Schatten trug
über verbranntes Gelände

MARKT. WINTERNACHT.

Markt zwischen drei und vier
nach Schneefall.
Dieser Markt will nichts
und in diesem Schnee
sieht man keine Spuren.

Dieser Markt stört niemanden.

SELBSTPORTRÄT IN SEPIA

Erkenne auch mich selbst
auf dem alten Foto
langhaarig und vermutlich picklig.

Wusste ich damals
von all diesen Büchern?

Nein. Bestimmt nicht.
Aber wer wusste es dann?

Probabilistisch verstrickt
im Meer der Möglichkeiten

warteten sie wie ein Makrelenschwarm
darauf, dass eine Tiefenströmung …

DIE GRENZE

Erzählen heißt Lügen
denn was du auch erzählst
versuchst du ihnen einzureden
dass es ein Ende geben wird.
Doch richtige Erzählungen haben kein Ende.
Das ist es, was sie zu Erzählungen macht.
Gib mir ein Ende
eine jenseitige Grenze des Universums,
und wenn das nicht geboten werden kann
eine sinnreich in sich selbst
gefaltete Welt.
Einen Knoten im Hilbertraum.

Aber dies, dass es nur weitergeht
und das für immer tun wird
weit über alle Horizonte,
das ist unerträglich.

ZEHN STUNDEN ZEITUNTERSCHIED

(Glücklich in der Neuen Welt angekommen)

Es sollte die tiefste Nacht sein
die schrecklichste nächtliche Stunde
wenn alle Dämonen die Wände bevölkern
und die Hunde der Unterwelt jaulen,
aber hier ist nur friedlicher Nachmittag.
Die Jakaranda ist aufgeblüht.
Und aus dem grauen Meeresnebel
lösen sich Gestalten
die dort nicht zu Hause sind.
Spukstimmen, die der Nacht angehören.
Die Nacht ist in den Tag eingedrungen.

Der alte Mann mit zwei Hunden
nicht unähnlich einer akademischen Prozession
gerät unter den Schatten des Jakarandabaums.
Ganz harmlos an seinem Nachmittag
aber trotzdem eine etwas bedrohliche Traumgestalt
da er zu meinem Wachtraum gehört.

MORGEN AM HÖRENDESEE

Aus dem dichten Nebel
treten die Bäume hervor
wie ebenso viele Vorwürfe.
Ist Grau eine Farbe?

Glaubt mir!
Diese Grauheit
beginnt auszusehen wie eine Behauptung.

SOLIPSISMUS

»Der flüchtige Augenblick«
der einzig wirkliche?
Diese Idee, die unter anspruchsvollen Namen
wie *Präsentismus* und anderen
bei den Philosophen auftritt,
hat eine etwas unheimliche Konsequenz
die man gern vergisst:
In diesem Jetzt, unserer einzigen Heimat,
hat das andere keinen Platz.
Es entlässt uns einsamer
als wir kamen.
Wie denn?
Aber natürlich:
Selbst im intimsten Kontakt,
sogar dem Kuss, vergeht Zeit.

Wenn der Augenblick das einzige ist,
das es gibt,
dann haben wir keinen Ort
an dem wir uns treffen können.

Schatten seid ihr, die anderen,
Schatten aus der Vergangenheit
und Schatten, die die Zukunft birgt.

GRAUHEIT

Geh näher an das Grau,
um zu sehen, ob du da bist.
Oder möglicherweise jemand anderes da ist.
Es ist tatsächlich möglich
dass das Grau nur
auf dem Abstand beruht.

SAMTFALTEN AUS STEIN

Stein, der Samt werden will
fällt in fürstlichen Falten
auf den Epitaphen der Barockkirche
aber etwas misslingt
der Stein wird nie zu Samt

Dieses Glas ist bald leer.
Es enthielt nicht,
wie jemand erwarten könnte,
Wein oder Wasser,
sondern Zeit.
Wie kann ein Glas Zeit enthalten?

AUS DEM MUSEUM FÜR UNMÖGLICHE GEGENSTÄNDE

Die Unendlichkeitstrompete
ist eine Trichterform, die sich
zur Unendlichkeit hin verjüngt
aber keinen Boden findet.
Die Unendlichkeitstrompete
beweist also dies
dass wir uns einen Gegenstand vorstellen können
den es nicht geben kann.

DAS GEDICHT, DAS BORGES NIE SCHRIEB

»Du bist neunundsiebzig
wo habe ich mich denn befunden
als *Du zwanzig* warst?«

Nach einem gewissen Zögern antwortete ich:
»Wo Du immer gewesen bist:
Nachbar der endlosen Reihe von Primzahlen
Shakespeares Hamlet, Cervantes' Don Quijote
ein Teil der geheimen Ordnung des Universums
die kein ›jetzt‹ oder ›damals‹ kennt

einschließlich
des Gedichts, das Borges nie schrieb.«

DAS LEERE HAUS

Wenn ich nicht da bin
lebt mein Zimmer
ein eigentümliches Leben.
Es bevölkert sich.
Anfang März
reicht die sonnenbeschienene Fläche
hinein auf den verschlissenen Teppich.
Die Ferngläser schlafen in ihren Futteralen

Ein eigentümlicher Wunsch:
zu sehen
wie mein Zimmer aussieht
wenn ich es nicht sehe.

Ich träumte einen Traum
von einem Roman von Tausenden Seiten
er war viel zu schwer zu schreiben.
Wenn ich mein Zimmer nicht besuche
wird es von schläfrigen Winterfliegen
und Negationen bevölkert.

Vielleicht auch meinen eigenen.

AN EINE, DIE NICHT HIER IST

Am Anfang des Monats Juni
saß sie für eine Weile,
in ihrer eigenen Musik ruhend
auf der weißen Gartenbank
unter den beiden Apfelbäumen.

Jetzt ist nur noch diese Bank da.
Ich denke an alte Bücher
die anschaulich
alte dänische Kirchen beschreiben
verschwunden im Meer.

Neunmalkluge uralte Seekarten
zeigen ihren Platz in sechzig Meter Tiefe.
Jetzt, da die Zeit ihre Arbeit getan hat.

IV

AM GRAB EINES POETEN

Dunkelheit trank er.
Dunkelheit und Stille.
In der Stille war das leise Knacken
des Klopfkäfers zu hören.
Er atmete ruhig
und sah sich schließlich befreit
von der Qual, ein anderer zu sein
und schließlich frei,
frei, niemand und alle zu sein.

DER MEISTER A. SADE

Wenn ihr erkannt habt
dass der tiefe Orgelpunkt
den ihr tief da unten
wahrnehmt
in den Kellergewölben
der eigenen Existenz
nicht der Grundton der Angst ist
sondern eure Zugehörigkeit
zu jeder Saite
die vibriert –
versucht dann nicht
aus dieser Erkenntnis
eine Weisheit zu machen.
Denn dann verschwindet sie.

DER GROSSE WEISSE GESANG

Für einen Augenblick war die Welt heil
und diese Freiheit war da

wie ein einsamer Vogel über den Dächern.
Ich weiß nicht wo.

Jetzt bin ich lange weggewesen
die Blumen am Fenster welken.

Doch eine davon lebt
schimmernder als je zuvor.

Die, welche du in meinem Herzen gepflanzt hast.
Du bewässerst sie für immer mit deinem Gesang.

V

EPILOG FÜR DIE RATLOSEN

Komm, müder Körper
Komm, müde Seele!
Uns führt der schwache Schein der Laterne
von Zimmer zu Zimmer.
Aber von der Wirklichkeit, die wir vorfanden,
ist diese Treppe, die wir sehen,
doch ein ganz überflüssiger Teil.

INHALT

I

Der Mann, der Hund, die Schatten 7
Chromatische Phantasien 8
Am Abend 10
American Typewriter 11
Kensington Blues 12
Der Solist 13

II

Fragment 17
Versteck in der Heimat 18
Lieferung 19
Alter Kalender am Fenster des Lusthauses 20
Lesezeichen 22
Der Bahnhofsort Ramnäs von Norden gesehen 23
Zum Lob des Sommers 25
Der Logonaut 26
Unter den wunderbaren Wolken 27
Stockholmer Straße 28
Entwurf für eine Religionsurkunde 29
Da draußen in den Weiten 30
Lebhaftes Schneegestöber über den Gräbern der Philosophen 31
Insomnia 32
Am Grab einer Schauspielerin 33

III

Der Briefmarkensammler 37
Aus meiner verschwitzten Jugend 39
Uppsala 40
Dinge, die keine Heimat haben 41
Unter einem alten Norberghaus 42
Die Türen, jetzt weit offen 44
In dem toten Wald 45
Aus der Mitte der Nacht 46
Die Sehnsucht nach dem Kirchwald von Väster Våla 47
Die Krähen 48
Markt. Winternacht. 49
Selbstporträt in Sepia 50
Die Grenze 51
Zehn Stunden Zeitunterschied 52
Morgen am Hörendesee 53
Solipsismus 54
Grauheit 55
Samtfalten aus Stein 56
Dieses Glas ist bald leer … 57
Aus dem Museum für unmögliche Gegenstände 58
Das Gedicht, das Borges nie schrieb 59
Das leere Haus 60
An eine, die nicht hier ist 61

IV

Am Grab eines Poeten 65
Der Meister A. Sade 66
Der große weiße Gesang 67

V

Epilog für die Ratlosen 71

Gustafssons Gedichte führen von der Beobachtung der alltäglichen Dinge bis zu den letzten Fragen, in verblüffender Einfachheit und mit leisem Humor. Die Katen am Waldrand in Västmanland, das Klappern einer alten Schreibmaschine, ein Lob des schwedischen Sommers. Philosophische Betrachtungen auf kleinstem Raum: über den leeren Buchstaben zwischen den Wörtern, die Unendlichkeitstrompete aus dem Museum für unmögliche Gegenstände, den Wunsch »zu sehen, wie mein Zimmer aussieht, wenn ich es nicht sehe«. Wie es ist, in der Hölle anzukommen, und was man im Paradies tun darf und was nicht, darum geht es in diesem letzten Band, im leichten, typischen Ton Gustafssons.

LARS GUSTAFSSON (1936–2016) war einer der bedeutendsten Schriftsteller Schwedens. Der Romancier, Lyriker und Philosoph lebte und lehrte lange Zeit in den USA. Hinzu kamen mehrere Forschungsaufenthalte in Deutschland. Bei Hanser erschien das Gesamtwerk, zuletzt *Frau Sorgedahls schöne weiße Arme* (Roman, 2009), *Alles, was man braucht. Ein Handbuch für das Leben* (2010, mit Agneta Blomqvist), *Das Lächeln der Mittsommernacht. Bilder aus Schweden* (2013, mit Agneta Blomqvist), *Der Mann auf dem blauen Fahrrad* (Roman, 2013), *Das Feuer und die Töchter* (Gedichte, 2014) und *Doktor Wassers Rezept* (Roman, 2016). 2009 erhielt Gustafsson die Goethe-Medaille, 2015 den Thomas-Mann-Preis.

VERENA REICHEL, 1945 geboren, studierte Skandinavistik und hat das Gesamtwerk von Lars Gustafsson übersetzt. Für ihre Übersetzungen wurde sie mehrfach ausgezeichnet, zuletzt mit dem Johann-Heinrich-Voß-Preis.